LA

PETITE PRESSE

Justin GARI

BORDEAUX

1860

C.

LA PETITE PRESSE.

———

I.

Qu'est-ce que la Petite Presse?

La *Petite Presse* a toujours été en butte à
des attaques de tous genres. Celles qui se produisent au grand jour sont dans le droit, et
nous leur en voulons d'autant moins qu'il nous
est aisé d'y répondre. Mais le plus souvent ces
attaques sont sourdes, car l'accusée a généralement bec et ongles sous tous les rapports, et
son avantage serait trop grand contre la partie
la plus dangereuse de ses détracteurs, pour
que celle-ci agisse à visage découvert.

Ce qui nous est le plus pénible dans tout
cela, c'est que nombre d'honnêtes gens se laissent entraîner contre la *Petite Presse* par les
finassiers et les Fesse-Mathieu dont elle est la
terreur ; de même, — et si éloigné qu'il soit
ce rapprochement nous est un grand honneur,
— les personnes pieuses du règne de Louis XIV
se rangeaient avec les faux dévots contre *Tar-
tufe*.

Nous n'avons d'autre but en écrivant ceci,
que celui de rechercher quels sont les repro-
ches adressés à la classe de journaux qui cons-
titue la *Petite Presse*. — Pour aujourd'hui nous
ne voulons qu'expliquer cette catégorie, en
examiner les éléments et soutenir sa raison
d'être.

C'est exclusivement la *Presse Politique* qu'on
appelle en France la *Grande Presse*. Le cautionnement qu'elle est tenue de verser, est sans
doute pour beaucoup dans les motifs de cette

appellation flatteuse, car tout ce qui repose sur
des écus jouit déjà par cela seul, et en dehors de tout mérite, d'une dose notable de
considération, dans notre pays et dans bien
d'autres.

Cependant, par cela même qu'il est forcé
d'être riche, chaque organe de cette presse,
quand il n'a pas tout simplement la spéculation
pour but, ce que permettent certaines conditions que nous n'avons pas à examiner ici, est
toujours le fruit d'une association d'hommes
politiques, de membres d'une coterie ou d'un
parti ; ce sont là les hommes qui se préoccu-
pent le moins des choses leur paraissant en
dehors de leur spécialité.

De plus, surtout dans nos villes de province,
il est bien rare que ces hommes ne soient pas
obsédés par une foule d'artistes médiocres dont
les intrigues font les succès, par les prétentions
ridicules et encombrantes des réputations de

clocher, par ce feu sacré de la réclame qui
brûle aujourd'hui si ardemment dans le cerveau
des industriels! Pour peu que chacun des gros
bonnets d'un grand journal apporte aux rédacteurs chargés des diverses critiques son petit
lot de recommandations, si minime que soit
chaque lopin le total pourra être fort, et la
plume de la rédaction pliera sous le faix, et
elle criera peut-être en vain, parcequ'en définitive ce n'est pas là la grande affaire du grand
journal.

Dès lors, les sucres et les cafés, les poésies
et les brochures, les diézes et les tableaux, tout
cela deviendra plus ou moins bon suivant les
relations de parenté, de simple voisinage et
peut-être même de parti. Place aux cotons bel-
liqueux, aux paysages ultramontains et aux
gammes républicaines !

Ce n'est pas que je veuille dire que tout
grand journal est l'esclave de pareils procédés,

que nulle part dans la grande presse on ne comprend l'importance de la critique en toutes choses. Je ne veux pas dire non plus que tout petit journal est sûrement confit de bonne foi et parfaitement exempt de camaraderie. Mais assurément il est plus aisé à celui-ci qu'à celui-là de secouer l'obsession. D'abord il y est moins en butte, parcequ'il n'a pas le prestige du cautionnement, de l'argent officiellement constaté ; ensuite les questions d'art, d'industrie ou de commerce étant le but spécial, et non un incident secondaire pour les rédacteurs de la *Petite Presse*, ceux-ci ne peuvent céder aux suggestions étrangères sans annihiler absolument leur œuvre : D'où je conclus qu'ils résistent davantage à ces suggestions, à moins qu'ils ne soient des esprits tout-à-fait malhonnêtes, ce qui les assimilerait alors à Messieurs les politiques vendus au plus offrant et dernier enchérisseur.

Mais encore l'assimilation ne saurait-elle se faire quant aux résultats, car un grand jour nal, qu'il soit l'œuvre d'un parti, d'une coterie ou même de la vénalité, n'en contient pas moins un faisceau toujours le même, partout, d'éléments de succès : les nouvelles de chaque jour, la coupure dans les articles du dehors, enfin la marche des événements, que chacun apprécie en détail à sa guise, chacun étant ou se croyant familiarisé avec la politique.

Dans la *Petite Presse* il n'en est pas ainsi. On recherche les articles d'art, si l'on ne se sent pas compétent, pour y trouver jusqu'à un certain point l'explication des sensations qu'on a éprouvées ; si l'on peut avoir un raisonnement à soi, pour retrouver ce raisonnement imprimé, manifesté publiquement, ou à sa place des raisonnements qui ne pourront le combattre sans le reconnaître jusqu'à un certain point.

On conçoit que l'une ou l'autre de ces satisfactions est absolument impossible si le jour-

nal ne vit dans une indépendance complète,
sœur de la vérité et par conséquent tante ger-
maine des bonnes raisons.

Aussi, nié-je qu'une feuille de critique puisse
subsister en dehors de cette indépendance.
Faut-il aller bien loin pour en chercher la
preuve, trente-six preuves si vous voulez? Fau-
dra-t-il donc faire cent lieues pour trouver une
liste de publications qui n'ont pu vivre et dont
la plupart ne sont pas mortes faute de talent,
et cela pendant que telle ou telle autre crois-
sait peu à peu, accaparant peut-être lecteurs
et rédacteurs ?

Quelles sont les feuilles mortes ou tellement
amoindries que cela fait peine à voir quand on
songe au passé ? Précisément celles qu'on a su
et vu se v....ouer à de grandes administrations
privées, et aux intérêts non moins privés de
Messieurs les abonnés......du journal. Oh! pour
ces feuilles, cependant, le sentier était bordé

de roses ; elles avaient mieux que la vente publique, elles avaient presque la vente forcée ;
il leur arrivait bien de temps en temps quelque
algarade d'un abonné qui n'en avait pas pour
son argent, mais d'habitude on leur savait gré
d'avoir pris pour épigraphe, au lieu des bouta-
des de FIGARO, ces vers aimables de M. Scribe :

> Ne jamais voir
> Le monde en noir,
> Trouver tout bien,
> Ne blâmer rien,
> C'est le système
> Que j'aime,
> D'être bien
> C'est le moyen.

Et pourtant celles qui ne sont pas mortes
sont bien malades ; et pourtant ce sont les autres, celles qui croient qu'en toutes choses la
vérité a besoin d'être recherchée et publiée,
celles qui ont préféré leur indépendance à de

bonnes conditions matérielles d'écoulement, celles qui ont le plus longtemps possible rejeté même l'*abonnement* comme pouvant ressembler à du *chantage*, celles enfin que le malheur a frappées au défaut même que ce désintéressement faisait à leur cuirasse, — ce sont celles-là qui vivent de longues années, et qui se portent bien encore malgré les plus rudes atteintes.

Qu'en conclure? — Que la *Petite Presse* n'a de valeur, de portée, de pouvoir de servir ou de nuire, d'existence effective enfin, que si elle est honorable et libre, et reconnue pour telle.

Ce n'est pas seulement de lecteurs qu'elle manque dès qu'elle n'est plus libre ; dès lors elle manque aussi de rédacteurs. Or, vous êtes vous jamais demandé ce qu'il faut de *copie,* lors même qu'il n'est qu'hebdomadaire, à un journal tel que *La Lorgnette,* par exemple? Ici l'on n'a pas la ressource de jouer des ciseaux bien plus que de la plume. Les télégrammes, les no-

tes du *Moniteur*, les extraits des journaux de
Paris, les séances de tous les conseils et de
toutes les chambres françaises ou étrangères,
les affaires judiciaires et même les faits divers,
bien souvent les annonces, tout cela échappe
au petit journal.

Cependant il n'a pas des mille et des cent à
donner à la rédaction. De qui donc celle-ci est-
elle composée ? De fruitsecs et de tout jeunes
gens, n'est-ce pas ? Eh ! mon Dieu, c'est possible ; mais ce n'est pas une expression bien
déshonorante, allez, que celle de *fruitsec lit-
téraire*. On peut, après un certain temps d'illusions, ne pas se sentir assez de génie pour
vaincre tous les obstacles qu'accumule l'intrigue devant les manifestations de la pensée,
et cependant ne manquer absolument ni de savoir, ni d'intelligence. On peut aussi ne s'être
senti ni les coudes assez forts, ni l'épine dorsale
assez flexible pour attendre de l'intrigue un
succès au milieu de la cohue actuelle, et pour-

tant n'être point dévoré de ce fiel, de ce dépit à la réussite d'autrui, qui est l'attribut généralement prêté par la rumeur publique à ce qu'elle nomme un fruitsec. On peut enfin n'avoir jamais poussé la naïveté des illusions jusqu'à se jeter sans réserves dans cette cohue, on peut s'être fait une profession en dehors des lettres ou des arts, et cependant aimer ceux-ci, les cultiver, s'y entendre davantage que le commun des martyrs, leur continuer une passion assez forte pour éprouver le besoin d'en parler publiquement, de faire partager à des inconnus les impressions qu'on a ressenties, parfois d'expliquer leurs propres impressions à des lecteurs étrangers à l'art, voire même d'influer sur ces impressions.

N'est pas *fruitsec* qui veut. *Qui veut* aussi n'est pas *un tout jeune homme*. Que de gens jaloux de ce titre, qui le citent avec dédain ! La jeunesse, Bazile, vous ne savez plus ce que vous dédaignez. Rajeunissez, rajeunissez, si

vous pouvez, et je suis sûr que vous y gagne-
rez toujours sous le rapport de la droiture et
des bons sentiments.

C'est sans doute une excellente chose que
l'expérience, telle que je viens de l'esquisser
plus haut; mais n'est-ce rien que l'indigna-
tion chaude, l'irréflexion généreuse, l'enthou-
siasme facile pour ce qui est bon et beau, la
colère impatiente contre tout ce qui est laid et
mauvais ?

Croyez-vous cependant que ces *fruitsecs* et
ces *tout jeunes gens* qui donnent leur plume,
iraient se grouper autour d'un homme qui ven-
drait la sienne ? Jamais ! aussi le petit journal
est-il une république où le rédacteur en chef
règne médiocrement et ne gouverne guère, si
bien que quelquefois il peut ne pas gouver-
ner assez. Là est sans doute l'écueil de la *Petite Presse*. Mais si cette indépendance, qui va
jusqu'à l'indiscipline, est un danger pour le

petit journal, s'ensuit-il qu'elle ait ou puisse
avoir de grands inconvénients pour M. Pierre
ou Mme Paul, ou pour les administrations privées qui ont le petit journal en horreur ?

Si nous nommions ici ses plus ardents adversaires, nous ferions bien vite, en sa faveur,
d'une simple liste un éloquent plaidoyer.

Mais c'est une cause générale que nous dé-
fendons et nous ne pouvons conclure si promp-
tement.

II.

*Quels sont les torts de la Petite Presse
envers la grande?*

Quels sont les torts des petits journaux envers leurs grands confrères, envers les artistes
et particulièrement la république dramatico-
lyrique, finalement envers les gens du monde ?

Telles sont les questions délicates que nous
nous proposons d'examiner successivement et
très succintement. Commençons par prendre à
partie les feuilles du grand format.

— Quoi ! s'écrie-t-on, nierez-vous les attaques incessantes dont celles-ci sont l'objet de
votre part ?

— Non certes pas ! Mais quelles sont ces at-

taques ? Avons-nous jamais diffamé les très il-
lustres rédacteurs de ces grands carrés de papier ?

Nous aurions peut-être dû nous borner toujours à relever leurs excentricités de langage,
à reproduire des phrases construites par des
maçons et qui ne sont pas plus solides pour
cela : les *Océan dans la Manche*, le *Truisme*
et autres agréments géographiques et critiques
nous fournissaient, il est trop vrai, une mois-
son suffisante.

Mais si nous sommes allés souvent jusqu'à
parler des petits ridicules personnels, d'une
casquette joviale, de sous-pieds innocents, voire
même de nez qu'on croirait de faux nez (ce
dont la nature seule est coupable), est-ce là un
crime irrémissible? Que diable ! aussi c'est exas-
pérant d'avoir de grands voisins comme il s'en
trouve en plus d'un département. Choisissons
le nôtre pour type.

Il existe à Bordeaux de très grandes feuilles qui rapportent beaucoup d'argent et pourraient rapporter quelque honneur.

Le Gouvernement est-il en mesure d'en attendre tous les services qu'elles lui doivent bien ? Ceci n'est pas trop notre affaire. Mais le public lui-même, les bordelais.... voyons. Quand un étranger passe ici et qu'il se poisse à la *glu* du style de M. Martineau (Philadelphe) à tous les étages du plus opulent de nos journaux, comment voulez-vous qu'il sorte du lyrisme de ce monsieur, si ce n'est par cette exclamation : « Si c'est comme ça qu'on écrit pour le public, à Bordeaux, comment diable écrivent donc ceux qui ne paperassent qu'en famille ! ! »

Il est vrai qu'il y a le revers de la médaille. Il y a l'*Indicateur*, il y a le *Mémorial*, il y a.... Mais enfin puisque le public bordelais, malgré son amour propre, se contente de rire tout le premier de ces mésaventures, passons outre.

N'insistons pas sur ce que ces messieurs placés, par l'importance de leurs feuilles, au premier rang des écrivains de la province, déversent de ridicule sur tous leurs confrères grands ou petits, maigres ou gras, non sans éclaboussures pour le public. Encore une fois passons. Ce sujet est si triste !

Mais enfin si, à défaut d'intérêts plus graves encore, vous n'êtes émus ni par l'intérêt de la dignité des lettres, ni par la permanence d'un ridicule local, ni par l'humiliation des écrivains qui vivent plus ou moins bien, soyez-le du moins par les souffrances des écrivains qui ne vivent pas ou guère !

Que de jeunes gens (sans compter ceux qui ne sont plus jeunes) dont le savoir et le style sont à la hauteur du grand journalisme et des services qu'il doit rendre, et qui, cependant,

végètent dans une misère affreuse, pour avoir
pris la mauvaise habitude de se mêler des affaires d'autrui et non des leurs, — ce qui cons-
titue pourtant toute la mission de tous les journalistes, quelle que soit leur taille, et même
celle de tous les hommes de plume, ou de pin-
ceau, ou de crayon, de tous les hommes enfin
qui vivent par la pensée et dans l'observation !

Hélas ! la pensée peut remplir le cerveau
sans remplir l'estomac, et *vice versa*. Quant à
l'observation, l'auberge où elle conduit doit
avoir pour enseigne : A LA BELLE ÉTOILE.

Et comment voulez-vous qu'il en soit autre-
ment ! Je ne sais si, comme l'affirment les
grandissimes critiques de toutes les capitales
et de tous les chefs-lieux, la profusion des lu-
mières à notre époque est la cause dominante
de l'encombrement des professions libérales.
J'ai regardé par-là de bien des côtés, et sur

une multitude de points, même à des sommets, j'ai aperçu pas mal de ganaches.

Il faudrait d'abord balayer cela, avant de soutenir qu'il y a surabondance de sujets d'é-lite. Quand cette surabondance existerait ! Voila-t-il pas une belle raison pour obstruer les voies de la publicité avec des décombres aussi énormes, et aussi lourds que ceux plus haut *indiqués !*

Ce n'est pas nous qui voudrions attenter jamais à la propriété de personne. Nous laissons cela à d'autres. Que Messieurs tels ou tels, si absurdes et si connus qu'il n'est même pas besoin de dresser le *Mémorial* de leurs noms, conservent donc la propriété de ces immenses feuilles que le public subit, mais qu'en bonne conscience il ne saurait admirer, et que des circonstances indépendantes de la rédaction l'obligent à tolérer.

Mais s'ils conservent cette propriété, du moins qu'ils en abandonnent la rédaction. Nous n'avons garde d'attaquer l'honorabilité de ces graves personnages : Presque tous sont honorables. Seulement nous constatons leur nullité comme un phénomène si généralement reconnu et si désagréable, qu'on s'étonne à bon droit de le voir se manifester toujours — quotidiennement ! ! !

Que ces grands organes de la publicité, qui sont d'excellentes spéculations, fassent quelques sacrifices, bien légers eu égard à leurs profits, et qu'ils fassent à des hommes capables une position qui est le droit du talent. Nous promettons d'avoir pour ces hommes à leur place, autant de considération que nous en montrons peu pour les autres, les usurpateurs de la publicité, des parodies de journalistes.

Et non seulement nous reconnaîtrons avec plaisir, avec bonheur ces talents nouveaux venus, mais encore laisserons nous en paix, dans l'obscurité dont ils n'auraient jamais dû sortir, les *honnêtes médiocrités* (qu'on dise que je ne suis pas poli!) qui se seront enfin décidées, comme on dit, à briser leurs plumes, — la plume de dindon de M. Prud'homme et la plume de perroquet de Jocrisse.

III.

Quels sont les torts de la Petite Presse envers les artistes en général et les gens de théâtre en particulier.

La *Petite Presse* vit d'ordinaire en assez bonne intelligence avec les dessinateurs et les musiciens : Toujours à court de moyens de publicité, ils lui savent généralement gré de celle qui leur est ainsi offerte avec empressement.

Il n'en est pas de même des artistes scéniques. En possession d'établissements où la foule a pris l'habitude de se porter peu ou prou, à des époques déterminées, ils trouvent des moyens de publicité suffisants dans l'affiche aux mille couleurs, et dans ces réclames de la *chronique locale* des grandes feuilles, réclames qui sont aussi aux mille *couleurs :*

« Vu l'affluence des spectateurs pour la re-
» prise de la FAVORITE, les bureaux de loca-
» tion seront ouverts dès sept heures du ma-
» tin. »

Ou bien :

« Les personnes ayant retenu des places
» pour la quatrième représentation de *Martha,*
» qui aura lieu demain, sont priées de faire
» retirer les coupons avant trois heures ,
» faute de quoi l'administration en dispose-
» rait. »

Ou encore :

« A la demande générale, le CORSAIRE ; on
» commencera par BONSOIR MONSIEUR PAN-
» TALON. »

D'un autre côté, ni le peintre, ni même l'artiste de concert n'ont, au même degré que l'acteur, cette susceptibilité ombrageuse qui rend à celui-ci toute critique insupportable. Cela se conçoit : le musicien n'est ni aussi souvent, ni aussi personnellement en face de son public ; quant au peintre, le public peut ne connaître de lui que ses tableaux.

Mais l'acteur ! C'est son corps qui est son instrument, et l'on pourrait dire qu'il se livre pieds et poings liés aux spectateurs, n'était l'abus ordinaire du geste dont MM. les comédiens se rendent coupables, abus qui ferait paraître la métaphore un peu risquée.

Loin de nous la pensée de vouloir rabaisser la profession du théâtre. L'art de Molière et de Talma, de Reignier et de Ligier, de Nourrit et de Duprez, de la Malibran et de la Sontag n'a pas besoin de défenseurs. Nous ne voulons que signaler ici un inconvénient grave et incessant, dans lequel nous voyons la cause et l'excuse de certaines irritabilités.

Or, si l'acteur voit avec peine l'éloge trop faible ou la critique trop vive, selon lui, se glisser dans les journaux que vous n'apportez ordinairement pas au théâtre, que sera-ce donc quand il s'entendra dire par les feuilles de la *Petite Presse* ce qu'il appelle, sans s'apercevoir qu'il récite JOCRISSE, *la vérité dans son costume inconvenant!*

Ces feuilles ! Mais quand l'acteur est en scène, il les voit dans la salle ! A gauche, à droite, au fond du parterre, aux stalles, aux premières galeries, aux deuxièmes galeries, aux troisièmes galeries, au paradis même, partout, dans toutes les mains, il voit ces misérables carrés de papier où il est dit qu'un ténor doit savoir chanter, qu'une jeune première chanteuse doit avoir moins de quarante ans, que les rôles devraient toujours être sus,

qu'il faut respecter les œuvres des grands-mai-
tres, le public, etc., etc..... Ils disent tant de
fadaises, les petits journaux !

La *Petite Presse* ne doit donc pas être éton-
née du peu de faveur dont elle jouit dans les
coulisses. Elle ne l'est pas. Mais si des coulisses nous passons au cabinet directorial, c'est
bien une autre affaire. Sans doute, si le directeur est intelligent, comme il est de son intérêt que ses artistes apportent à toutes choses
tout le soin possible, il sera enchanté que la
crainte de la critique vienne se joindre à la
crainte des amendes.

Mais, hélas ! tous les directeurs ne sont pas
intelligents, tant s'en faut, et il y en a qui ne
comprennent pas plus l'utilité d'une critique
franche, que la nécessité d'une administration
soigneuse. Ceux-là partagent avec leurs artistes le poids d'une censure justement obstinée;

comment ne partageraient-ils pas un injuste courroux ?

Pour les directeurs, il est vrai, la question de susceptibilité, telle que nous l'avons posée, n'est pas la même que pour les acteurs, mais la question d'intérêt la remplace avantageusement, et tout administrateur théâtral est convaincu, s'il fait de mauvaises recettes, que c'est la faute des misérables petites feuilles qui réclament de la voix pour les chanteurs, et des dents pour les amoureux. Sans les petites feuilles, le public ne s'apercevrait nullement de lacunes aussi légères.

Mais si les directeurs intelligents, car enfin il y en a, comprennent l'utilité des journaux qui les aident à faire la police de leur scène, et qui les avertissent quand des abus se produisent, les artistes intelligents, et ils sont en majorité sans doute, ne comprendront-ils jamais que la *Petite Presse* est leur défense la plus sûre contre les abus de pouvoir des directeurs?

Si, par exemple, quelque farceur d'ut-de-poitrine, un jour de saint Pancrace ou de saint Polycarpe, s'avise de manifester au directeur Polycarpe ou Pancrace beaucoup de satisfaction, lors même que la caisse serait vide, et aussi le ventre des trois quarts de la troupe, qui osera rire tout haut de cette sinistre parade? Sera-ce le petit artiste? Non, il apportera son écot à la manifestation, car il a besoin de sa place, si mauvaise qu'elle soit, et il ne veut pas courir la chance d'un déplacement. Sera-ce la grande presse? Non, car elle a des convenances à garder, et ces petits cancans ne la regardent pas : elle fera *écho*, elle aussi, à la sérénade, se bornant tout au plus à relater le fait sans trop de phrases, s'il lui paraît absolument anormal et absurde. Qui sera-ce donc? Hé! la *Petite Presse*, vraiment, qui n'en rougit point, au contraire, attendu que ce n'est pas à elle de rougir.

Nous avons cité cet exemple-là comme nous en aurions cité une foule d'autres, d'imagination peut-être, de mémoire peut-être aussi, qui sait ? Il s'est peut-être passé des choses semblables en Cochinchine ou au Mississipi.

— Mais, me direz-vous, pourquoi la Petite Presse s'écarte-t-elle parfois des appréciations de talent pour tomber dans des allusions personnelles? Des femmes, de faibles femmes, ont-elles-mêmes quelquefois essuyé de cruels sarcasmes ? — Je répondrai que, comme vous, je blâme et déplore cette tendance. Cependant, convenez que les femmes sont bienheureuses d'être faibles dans certains cas.

Ainsi, supposons une de ces femmes que... qui... Malgré sa faiblesse, il se peut qu'elle possède à un haut degré le don de l'intrigue et la monomanie de la domination, et, parce que cette dame sera faible, elle pourra bouleverser tout un théâtre, s'emparer des bons rôles qu'elle rendra mauvais, faire tomber par là les bonnes pièces, faire fuir les bons acteurs, ruiner, en conséquence, tout ce qui l'entoure, et cela sans qu'on ait le droit de lui reprocher de temps à autre la cent milième partie du mal qu'elle fait tous les jours ! — Avouez que c'est désobligeant, et que si un pareil brouillon venait à s'implanter dans quelqu'un de ces théâtres où les artistes peuvent rester longtemps, peut-être ne serait-on pas trop coupable de chercher à lui donner l'idée d'un déménagement.

Ici encore j'ai pris l'exemple dans le tas ; je n'ai pas la prétention d'écrire un traité de ce qui se passe derrière le rideau ; il me suffit de pouvoir affirmer que de pareils cas se sont présentés : c'est même ainsi que de faibles femmes ont été persécutées, au moyen-âge, par des polissons de journalistes.

Maintenant, revenant à la question de critique, vous m'objecterez peut-être que les articles de la *Petite Presse*, qui viennent sous les yeux des spectateurs jusques dans la salle, ne sont pas infaillibles. On sait cela, et de reste! Mais si ces articles sont pleins d'observations fausses, il me semble que le public s'en apercevra bientôt, et alors le journal recevra ce qu'il a cru donner de blâme. Ceci n'est pas discutable : c'est l'évidence.

Ainsi, M. Faure n'est point ruiné pour avoir été traité de chanteur médiocre dans le *Midi Artiste*, un journal habituellement mieux inspiré. De même, il a été difficile à d'autres feuilles de faire passer M. Mathieu pour un professeur de déclamatiou et un foyer de sentiment.

Me parlerez-vous enfin de ces feuilles qui font le chantage, au théâtre, sur une échelle incroyable? Dans aucune autre profession, je crois, on ne se laisse exploiter ainsi.

Il existe des journaux assez grands de format, bien petits de métier, pour lesquels tous
les abonnés sont des hommes de génie : gare à
qui ne s'abonne pas ! En vertu du système
des compensations, on lui retire tout le mérite dont on gratifie les gens de la bonne liste.
Mais pourquoi les acteurs soutiennent-ils ces
feuilles ? Trompent-elles donc quelqu'un ? Absolument personne. Tout ce qui vit de théâtre
connaît cette demi-douzaine de journaux, que
nous n'avons pas même besoin d'indiquer pour
qu'ils soient aussitôt nommés.

En soudoyant cette presse tout à part, on
n'obéit point à la crainte d'être blâmé, mais
bien au besoin d'être loué. Suivant qu'on veut
l'éloge plus ou moins beau, on prend un ou
plusieurs abonnements. Mais on n'a pas seulement la ressource de se tromper soi-même.

Somme toute, que MM. les directeurs et artistes sachent faire leur devoir, et la presse,

petite ou grande, sera impuissante à leur prouver une infériorité qui n'existerait pas. Les artistes qui ont à se plaindre de leurs directeurs sont toujours assurés de pouvoir protester, par la voie de la *Petite Presse*, devant le public même des théâtres.

Les directeurs, de leur côté, trouvent toujours, par la même voie et devant ce même public spécial, une garantie sérieuse d'ordre, et un excellent moyen pour faire connaître les difficultés auxquelles ils sont en butte.

Tel est le résumé des griefs de messieurs et dames du théâtre contre la *Petite Presse*. A moins qu'on ne veuille lui faire un crime de dire que les théâtres ne font rien, quand ils ne font rien, ou qu'ils font mal, quand ils font mal, ou que les artistes secondaires souffrent de tout cela, quand ces artistes manquent de pain!...

IV.

*Quels sont les torts de la Petite Presse
envers les gens du monde ?*

C'est sans doute à cette question que nous
attendaient la plupart de nos lecteurs. Nous
avouons sans vergogne qu'elle ne nous embar-
rasse pas le moins du monde.

— « Eh quoi ! dit-on de toutes parts, faut-il
rappeler tous les évènements fâcheux qui dans
ces derniers temps..... »

De grâce, arrêtez-vous ! Faut-il vous remé-
morer aussi mille accidents arrivés de toute
autre façon ? Et parce qu'il peut nous tomber
sur la tête des tuiles mal attachées, faut-il
donc renoncer à couvrir les maisons ?

En définitive, la plupart du temps, quant un homme du monde élève la voix contre un petit journal qui a eu le malheur de lui déplaire, est-ce généralement sur un fait tout personnel à ce monsieur que le petit journal a pris la plume? L'intérêt du public n'y entre-t-il jamais pour rien? L'intérêt des artistes, si intimement lié à celui du public, est-il constamment étranger à l'affaire? On peut supposer bien des cas qui sont les plus usuels en pareille circonstance.

Admettons par exemple que dans une réunion de jeunes gens, quelqu'un ou quelques uns aient à se plaindre des rigueurs d'une actrice.

Si ces messieurs viennent à monter contre la réfractaire une petite cabale, est-ce un si grand crime, pour les journaux de théâtre, que de rechercher la cause de cette chevaleresque trahison et de la dénoncer au public?

Est-il bien certain qu'alors le journaliste ne
s'occupe que des affaires de ces dames ou de
ces messieurs? Le public n'a-t-il pas quelque
intérêt à connaître ces intrigues de coulisses,
comme il a le droit de s'opposer à leur effet?

Admettons encore qu'il existe de par le
monde des *Mécènes* ombrageux, ne jugeant les
artistes que sur la quantité des courbettes dont
ils sont capables, et toujours disposés à prendre des angles obtus pour des virtuoses.

Le journal qui s'occupe de beaux arts n'a-
t-il pas le droit d'éclairer là-dessus la partie
du public qui fait une position à ces *Mécènes*,
lesquels, ordinairement, ne sont généreux que
sur les fonds de tout le monde?

Ah! s'il se trouve par là quelque *Mécène* intelligent et d'un esprit irréprochable de gé-
nérosité, il ne jugera certainement pas mauvais que le journal le plus microscopique lui

décerne des éloges ; preuve évidente qu'à l'occasion ce journal pourrait le blâmer sans sortir des convenances.

Nous ne savons si l'on tiendra absolument à voir ici des personnalités. Dans ce temps-ci l'on en voit partout. Nous affirmerons que nous n'en avons voulu faire aucune. Sur ce terrain là, moins que sur tout autre encore, il ne faut éveiller des souvenirs qui ont vieilli vite. Nous avons pris des faits très généraux, des suppositions qui sont des réalités, non pas ici, en ce moment, mais partout, si souvent, qu'on pourrait dire presque toujours.

Que Messieurs les jeunes lions et les vieux polissons nous croient : quand ils cesseront de penser que les villes subventionnent les théâtres pour leur offrir un choix agréable de maîtresses, et que Mme Paul doit être réengagée si elle est aimable à souper, ou Mlle Pauline évincée si elle vit maussadement en famille,

— quand MM. de la fashion cesseront de penser cela, ils ne seront plus aussi exposés à trouver dans les colonnes de la *Petite Presse* leurs portraits, peu intéressants en eux mêmes.

En thèse générale, qu'il se montre pour rien ou pour de l'argent, tout homme qui se produit en public appartient à la publicité.

Vous affichez vos opinions aux loges les plus apparentes d'un théâtre, ou bien en pérorant dans une exposition, avec une de ces *demi-voix* dont les traitres de mélodramme ont seuls droit d'abuser, ou encore dans des jurys, dans des rapports, dans des commissions de sociétés artistiques, souffrez que le public, de qui vous avez tenu à être vus et entendus, vous réponde par la voie des journaux qui ont toujours passé pour ses représentants, jusqu'à un certain point, à défaut de possibilité d'une représentation plus complète.

Maintenant, qu'un journal se rapetisse infi-
niment quand il entretient le public du bal
de Mme la Baronne, ou de l'exquise cour-
toisie de M. le Financier chez qui l'on dine,
ceci me paraît évident, soit qu'on dise du bien
ou du mal du glacier de la baronne ou du cu:-
sinier de l'agent de change. Il faudrait laisser
cela au journal des coiffeurs — et au *Gour-
met*.

Pourtant le *Constitutionnel* n'a pas cessé
d'appartenir à la très grande presse, parce
qu'il entretient chaque jour ses lecteurs de
circonstances bien moins importantes, et pas
toujours vraies, connues sous le nom de *ca-
nards* et communes aux *Débats*, au *Siècle*,
à la *Patrie*, voire même à l'*Indicateur Bordelais* et au *Mémorial* du même cru.

Tous les grands journaux de France ont
publié naguère quatorze lignes, sur un homme
qui aurait pu souffrir énormément de la faim,

si on ne lui eut donné à manger. Vous en lirez
demain trente-six sur les angoisses d'un bourgeois, a qui l'on aura filouté son porte-mon-
naie, enrichi seulement de deux pièces de dix
sous, mais qui lui rappelait de bien doux souvenirs, car il l'avait acheté 0, 75 c. à un col-
porteur, histoire de faire l'aumône...Vous lirez
plus tard une colonne entière, sur la façon dont
ce bourgeois a recouvré le produit de sa bonne
action, grâce à

Ces mortels dont l'état gage la vigilance.

. . . .

Sincèrement, les journaux de toute espèce
en se couvrant de ce ridicule, ne font guère
de mal qu'à eux-mèmes. Si cependant vous
pensez, comme moi, qu'ils n'ont pas le droit
de dire ce qui se passe chez vous, comme ils
auraient eu celui d'ébruiter la lutte sanglante
de deux dogues au coin de la place voisine,
alors je vous prierai de ne pas inviter des journalistes tout exprès pour qu'ils publient la grâce

de vos quadrilles, et la suavité de vos potages.

Je suppose qu'on me dise : Cet homme n'a cherché en rien la publicité ; il n'a rien fait en public, ni qui intéressât le public ; s'il a commis des fautes de français, il les a mises dans des lettres à sa famille ; s'il a exprimé des opinions stupides sur le compte de la chanteuse légère ou du jeune premier ; il n'a voulu du moins les imposer à personne ; s'il a admiré les tableaux de M. G... (j'allais citer un nom propre !) c'est en petit comité qu'il les a loués ; si enfin il a fusillé ses amis dans un diner digne d'être chanté par Boileau, du moins ne l'a-t-il point fait pour que son cordon bleu passât à la postérité par une vulgaire ficelle, ni pour être nommé membre d'une société savante...

Je réponds : « Cet homme est en droit d'exiger qu'on le laisse en paix, lui, ses oreilles, ses yeux, son jugement et sa cuisinière...

c

Mais quel est l'homme aussi inoffensif, qu'un
journaliste ira jamais désigner personnellement?
Quel est l'honnête épicier à qui la *Petite Presse*
ait reproché de ne se point connaître en mu-
sique, ou de confondre les Termopyles avec
la fin d'une lutte au cirque? Quel garçon apo-
thicaire a jamais été nommé dans une feuille
publique, pour avoir écrit à sa blonde et jeune
fiancée qu'il venait de voir jouer une superbe
pièce de Racine : *La Mâratre?*

Quel peintre d'attributs a jamais été pris à
partie pour avoir contemplé avec satisfaction
des vaches plus grosses que leurs étables, dans
les tableaux de M. de G...? (j'allais encore citer un nom propre!)

Pourquoi diantre un journaliste occuperait-il
le public d'un homme dont le public n'aurait
en rien à s'occuper? Cela n'a jamais eu lieu.

Convenons qu'assez généralement, quant un

petit journal (passez-moi le mot) *embête* un particulier, c'est que ce particulier (passez moi encore le mot) embête le public.

C'est clair! si l'on a de la naissance, ou une position, ou de la fortune, ou du crédit, de beaux habits ou des habits excentriques, une figure agréable ou une boule singulière, on veut tirer parti de tous ces avantages ailleurs que dans le silence et l'ombre; on veut être quelque chose, quelque chose d'appréciable, et si l'on est apprécié avec force louanges à la clef, tout va bien; mais on n'entend pas que le premier venu, qui n'est ni noble ni docteur, ni riche ni endetté, ni bien habillé ni mal habillé, ni joli garçon ni agréablement laid, vienne suppléer à tout cela en s'armant d'un petit journal, d'un misérable petit journal qui n'a seulement pas de cautionnement, qui n'enregistre pas les décès des chiens empoisonnés par les boulettes municipales, qui n'a pas le droit de faire paraître une complainte sur la conjuration

des Turcs, mais qui n'en a pas moins une
publicité réelle, le faquin! et d'autant plus
réelle, qu'elle est davantage consacrée à conso-
ler et à venger le public des prétentions qui
l'ennuient; quand elles ne vont pas jusqu'à
l'insulter et à lui nuire.

Comment voulez-vous que les marquis de
l'outrecuidance agréent ceux qui les voient
sans parti-pris d'admiration, sur le piédestal
où ils se sont placés?

Pour notre compte, nous ne l'espérons pas,
nous ne le demanderons point. Mais nous voulons du moins croire que le public ne se met
pas avec eux contre nous, avec les princes de
l'orgueil contre les défenseurs du droit de tous
et de chacun.

V.

Nous disions en commençant que le meilleur plaidoyer en faveur de la *Petite Presse* serait une liste de ses ennemis.

Sans faire cette liste nominative, sans même chercher à faire les portraits des ennemis de la *Petite Presse,* qui posent chaque jour devant notre public — ce qui serait d'autant moins logique qu'ici nous débattons une question générale, non une question particulière, — nous pouvons tracer quelques types des plus ardents adversaires de la presse satirique.

Voyez ce Mondor, dont la fortune a pris sa source dans une rapine ignoble : il roule équipage et brigue les honneurs; une foule empressée lui prodigue ses hommages; les hommes soi-disant sérieux l'entourent de flatteries dont il est d'autant plus friand qu'il sait moins

les mériter, et qu'il craint davantage de les
voir échapper ; tous les hommes qui en même
temps croient être quelque chose et pas assez,
se disputent les faveurs de Mondor, car, après
tout, Mondor est un personnage, et par son
influence on peut obtenir ceci ou cela.

S'il se trouve de par le monde un homme
que cette comédie indigne, et qui ne craigne
pas de la mettre en scène, entendez-vous d'ici
clabauder non pas Mondor, il s'en garderait
bien, mais tous les courtisans qui ont le contraire de ce courage, lequel pourtant devrait
être vulgaire !

Mondor, et surtout sa cour, quels ennemis
des histrions de la *Petite Presse !!!*

Tout près de là, regardez Zoïle avide de
compliments que son style emphatique n'ob-
tiendra jamais ; il se rejette sur un *posage*
quelconque, et à qui veut l'entendre, il crie

qu'il est vertueux, que sa pudeur s'épouvante
des œuvres du siècle, que sa moralité se révolte
en face de l'art contemporain, c'est-à-dire que
les bonnes dévotes lui doivent une compensa-
tion au dédain des gens de goût.

Zoïle et tous les lecteurs qui se laissent prendre à ses fanfaronnades de vertu, ennemis des
débauchés de la *Petite Presse*.

Voyez un peu plus loin ce personnage dou-
teux, dont tout le monde s'éloigne, pour qui
il semble que certaines distinctions ordinairement honorables aient complètement changé
de signification. Celui-là, dont on connaît
trop les vices, ne daigne pas simuler la vertu,
mais il voudrait simuler le talent, et il prendra
peut-être des talents à loyer pour lui prêter
leur éclat.

Si quelque mauvais plaisant révèle cet état
de choses anormales et coupable, comme cela

doit arriver, quelle haine en ce cœur de cra-
paud contre les mauvaises langues de la *Petite
Presse!*

Là-bas c'est un jeune homme à qui l'imagination ne faisait pas défaut, et qui pouvait
oser dans des livres nouveaux des idées nouvelles; mais il a préféré les applaudissements
assurés d'une coterie à ceux plus difficiles d'un
vrai public, c'est-à-dire de tout le monde; il
a, dès lors, donné dans tous les préjugés, dans
toutes les faiblesses, dans toutes les idées re-
çues, dans toutes les convenances caduques de
la coterie rémunératrice.

Qu'un critique, bienveillant au fond, lui
demande un jour ce qu'il fait de sa jeunesse,
et vous verrez comme cet homme traitera les
aboyeurs de la *Petite Presse.*

Voici encore un de ces chevaliers d'aventu-
res qui viennent on ne sait d'où, à cheval sur

je ne sais quelles protections, et qui maintiennent leur incapacité certaine avec leur moralité douteuse, dans des positions où la délicatesse ni le talent ne devraient être suspectés, et cela au milieu de protestations tellement générales, que personne n'y comprend plus rien.

Osez, même avec toutes sortes de ménagements, vous faire l'écho de ces protestations, et vous sentirez de quel poids peut être la colère de ce chevalier contre les Don-Quichotte de la *Petite Presse*

Et ces beaux Messieurs qui se croient les héritiers d'Apollon, non seulement par la beauté, mais encore par la puissance intellectuelle, voulez-vous leur faire entendre que le public ne doit pas payer les frais de leurs caprices ?

Et ces dames du demi-monde, dont le plus grand mérite est de recevoir avec grâce les

mouchoirs à la vanille que leur jettent ces
Messieurs, tenterez-vous de leur persuader
qu'elles font un mauvais usage de leur puissance mal acquise, en s'ingéniant sans cesse
à immoler de graves intérêts à leurs petites
rancunes, ou à leurs propres intérêts fort mal
entendus ?

Oh! alors, insulteurs publics, truands et
turlupins de la *Petite Presse*, préparez-vous à
être traités comme vous le méritez. Quel dom-
mage, vilains, que nous ne soyons plus au
moyen-âge, où l'on vous eût pendus haut et
court!

Tout cela se conçoit fort bien : Mondor,
Zoïle, Turcaret, et vous l'enfant chéri des
vieilles dames et des vieilles gazettes, et vous
Robert-Macaire, et vous Richelieu du Pince-
Nez, et vous Pompadour au cachet, haïssez,
haïssez, votre haine ne saurait ni nous étonner,
ni nous affliger.

Mais est-il vrai, et serait-il compréhensible, que ce magistrat tout de noir habillé, homme intègre et modeste, méprisant partout le vice et soigneux de ses relations dans le monde; serait-il vrai que cet homme de sens et de droiture, lorsqu'il voit un petit journal, au lieu de dire tout simplement : « Ces choses-là sont trop légères pour moi, » dise sans savoir pourquoi, par l'effet d'un vague souvenir de ce qu'il a entendu répéter à des voix intéressées : « Ces petits journaux sont de grands coupables? »

Est-il vrai que tel homme d'honneur, sincèrement inquiet du bien public, et qui ne peut voir sans un regret tout au moins certains scandales, blâme les protestations dont par voie indirecte la *Petite Presse*, courageusement parfois, se hasarde à être l'organe?

Et vous, lecteurs, qui dans le monde ou dans la rue, au cercle ou au café, au théâtre

ou sur les promenades, faites sur les insolen-
ces et les véritables immoralités du jour tant
et de si durs cancans, pouvez-vous nous en
vouloir de mettre à leur adresse vos propos à
vous-mêmes, à votre voisin aussi, à tout le
monde, propos perdus qui sont pourtant la
juste manifestation de plaintes logiques et
d'indignations motivées?

Y aurait-il donc entre vous et nous toute la
différence qui existe entre le juge et le bour-
reau?

Toute la question est là, n'ayant voulu que
la poser, je laisse maintenant à votre conscience et à votre intelligence le soin de la
résoudre.

Imprimé en France
FROC031356230120
23251FR00018B/393/P

9 782329 354774